五行歌集

うふっ

京峰 裕子
Kyomine Hiroko

そらまめ文庫

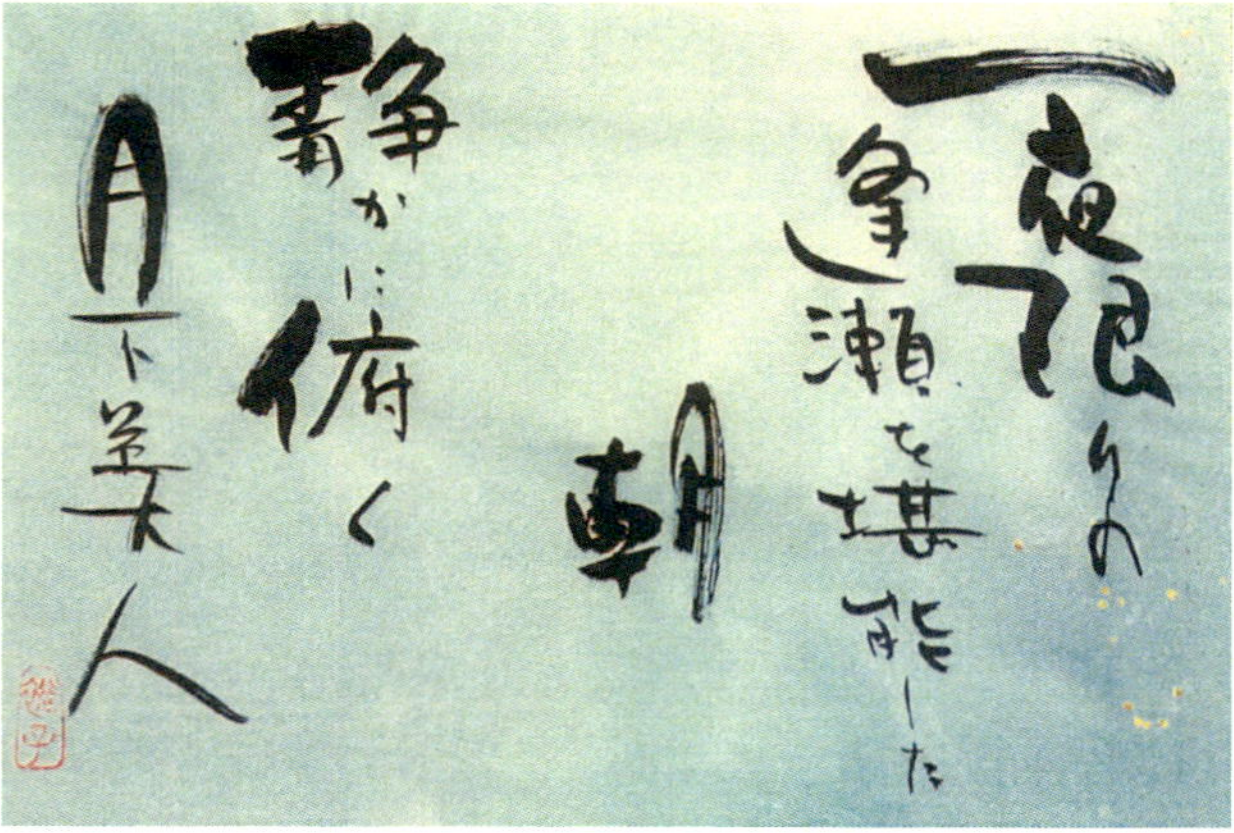
一夜の
逢瀬を堪能した
朝
静かに俯く
月下美人

目次

1 凛凛といく

動物・植物のうた

お隣の
僕は小学生
網戸にせみの脱け殻が
四つ飾って（？）ある
何かウフフッな気分

哀れに思うか
気味が悪いか
問いかける
高速道路の
小さな骸

激しく燃えた
カンナの
秋哀れ
血糊のような
残骸を纏《まと》い立つ

茎を焼かれて
生き返った花が
咲いて　咲いて
さきつづける
命を絞り切るように

一夜《ひとよ》限りの
逢瀬を堪能した
朝
静かに俯く
月下美人

溝川《どぶ》に佇む白鷺
汚れた羽の下に
隠しきれない
気高さ哀れ
浪人の風情に似て

木枯らしの中
葉を落とした巨木が
両手を広げた力士のように
ドスンと
立っている

紺碧の天空高く
漆黒の烏
二羽
凛凛といく
一月の朝

秋の予鈴か
こおろぎの音《ね》聴けば
猛暑の夜
団扇一あおぎの
涼風となる

ショキショキと
鎌を研ぐ肩に
赤とんぼ
農夫と一緒に
揺れている

自転車の前籠に
葉書大の
紅葉《もみじ》一枚
配達人は風
受取人は私

春の大仕事を
終えた
桜木が
緑を繁らせて
ゆったりと揺れている

晩秋の桜木は
葉の緋色《あか》も
芸術
虫喰い跡も
芸術

人家が在った事も
幻にしてしまう
夏草の勢い
跡地は
あっという間に草原《くさはら》に

陶器市で見付けた
萩焼きの湯呑み
ネコヤナギの色をして
ほっこりと
春の手触り

苧環《おだまき》をオダマリと
記憶していた友
この花の名は　と
問う私に
「おだまり！」と笑顔で答える

外は豪雨
マンションの入り口に
「雨宿りしてます」
を全身で訴えて
小鳥が一羽佇む

可憐な花が
織り成す
ピンクの螺旋
ねじ花の不思議に
思わず見入る

白梅の
苔むす太い幹
うねり　うねり
天をめざす
竜となる

2　おはようのハグ

夫婦のうた

台所に立つ
夫《つま》の背に
心の中で呟いてみる
私が先でも
大丈夫そうね

朝の公園で
ラジオ体操を
仕切る夫は
口惜しいほど
生き生きとして男前

「愛してるよ」と言ったら
ちょっと間があって
「愛してるよ」と返してきた夫
四十年ぶりの言葉
病床から

手を伸ばせば
あなたが居る
これ以上の
安心感が
有るだろうか

寮の呼び出し電話に
階段を駆け下りてくる
彼の足音
胸の高鳴り抑え
声を待った——遠い日よ

「旦那様」なんて・・・で
「ダンナ」と呼んで四十五年
今は料理・掃除・etc.
貴男《あなた》が頼り
ありがとう旦那様

美しい景色は
夫《あなた》と眺めてこそ
感動も二倍
喜びも二倍と
知る

籤運《くじ》に縁なしの私
生涯唯一の
大当たり——それは
夫の百万ドルの笑顔
万歳！だ

79歳の夫に
「おはようのハグしよう」
と言いたくて
でも　言えない
74歳の乙女心

心配症と
楽天家の
夫婦《ふたり》
真ん中採って
仲良く生きる

♪「あなたと会うため
生まれた私」♪
小声で
唄ってみる
今日　夫は留守

老夫婦の部屋が
パッと華やかに
娘から届いた
50本のバラの花束
金婚式のお祝いだって　嬉しい！

3 九人目の童

母のうた

貧乏を
貧乏ごっこに
変えて
楽しんでいた母
凄すぎる

電話に出る度《たび》
小娘の声で答える母
身内と判ると
「あ〜」と86歳になる
憎めない

老母《はは》は
「ありがとう」の言霊《ことだま》に
生かされているのか
口癖にして
今日も健やか

しゅわしゅわと
萎んだ老母《はは》の皮膚
その襞《ひだ》をなぞれば
九十年の歴史が
語りかけてくる

八人の子を
生《な》した
老母《はは》94歳
今　九人目の
童となり穏やか

「今の子は大きいから
丈が短いのは売れないんです」
仕付け糸が付いたままの
着物たち　一枚百円だってさ
小柄でかわいかった亡母《かあ》さん・・・

「ぞうたんとおたるたんが
いたの」と幼い日の
私の口調を上手に
真似しては笑った亡母《はは》
又聴きたいよ――亡母《かあ》さん

4　ホッカホカの言葉

孫のうた

雛《ひな》人形選び
新米婆は
「初孫に・・・」と言う度
背中が
こそばゆい

這い這いを始めた
幼子が
床で揺れる光の輪発見！
むちむちの手で果敢に挑む
真っ新《さら》の体験

拭き上げた窓ガラスに
もみじの手形がぺったんこ
「もう!」と怒れば
「もう」と真似する
一歳六ヶ月

「どうかバーバーが
いっしょにおふろに
入ってくれますように！」
平伏《ひれふ》して拝む真似する
二歳の孫に完敗

ぬかにかぎ
馬の耳に信心から
三歳の孫が読む（？）
カルタ取りは
推理力訓練タイム

乳歯が二本抜けた
まぬけ顔
また
なんと
かわいいこと

三人目妊娠を
報告する
婿の横で
娘は堂々たる
母の顔

赤児の頬に
顔を押し当て
あ——
深く息を吸う
癒しの匂いだ

障害を持つ幼子
言葉はまだ
生まれたて
ホッカホカの言葉を
皆で待つ

「ランドセルありがとう！」
孫の弾んだ声は
輝く未来そのもの
一点の曇りも
ない

僕から俺に
一人称を変え
声変わりもした
中一の孫
眩しいくらい一直線

5 「ラッキー」

微笑んだ口許のまま
目がさめて
今の夢おもいだす
とてもリアルで
顔赤らんだ朝

老眼鏡《めがね》を外して
鏡を覗く
白髪の消えた
私が映る
そんな虚像も有って良い

新しい駅舎は
皆
無表情な
白い顔
体温がない

お世辞という名の
潤滑油を
上手く出せなくて
ぎこちなく
生きる

心根《こころね》が澄めば
最期
人前に晒される
骸も
清清しいだろうか

奇跡に近い
確率で得た「生」なれば
託されたものが
有りそうで
落ち着かない

肌掛けを
夢現に
手繰《たぐ》って巻いて
蓑虫となる
突然の寒い夏夜《よる》

夜の静寂《しじま》
蛇行バイクが
叫《わめ》き去る
君は今・狂気と
寂しさの中に居るのか

足場組む
鉄管に
オーボエを
奏でさせる
春嵐

雨戸を明けると
初夏の風が頬をなぜ
明るい光が降り注ぐ
うーん　生きている
感動の原点

強風後《あと》の落ち葉
何となく
ファジーに掃く
お隣さんとの
境界あたり

富士は逃げない
お祭り騒ぎは人間の勝手
威風堂々
そこにいる
それだけいい

（２０１３年　世界文化遺産に登録）

大病の波を
何度も超えてきた
彼女の笑顔は
心に染みる
勇気をくれる

取り込んだ途端
どしゃ降りに
　やったね！
洗濯物抱えて
小躍りする小市民

何かの
オーディションを
受けている夢を見た
まだまだ芯は
挑戦したがっている

自慢話には
本人も気付かぬ
劣等感の欠片《かけら》が
張り付いている
ことがある

ピュアな空気に
包まれたくて
歌会への道程《みちのり》は
心も足も
前のめり

お気遣い　と
書いたつもりが
お気違い　になってて
独り吹き出す
夜長の手紙

災害に便乗した
お涙頂戴詐欺に
引っ掛かった上
「頑張ってくださいねっ!」
激励までしてしまった・・・

友の話に
「あっそれ、前にも聞いた」
と心が呟く
――70代どうしさ
初耳の顔で頷く

的を外さず
上手く点眼できた！
そんな些細な事が
とても嬉しい
――術後一年目

平凡で終わるも良し
と　思いつつも
ゾワゾワと
野望も蠢《うごめ》く
古稀という齢《よわい》

屑籠めがけて投げた
紙の玉が一発で入った！
「ラッキー」っと
大袈裟に言ってみる
明日脳の手術を受ける私

添乗員が面白いと
何倍も楽しくなる
バス旅行
今回も大当たりで
得した気分

「硫酸何とかいう薬を」と
言う老人に合点と
『酸化マグネシウム』を
出す受付の人
信頼の為せる技——アッパレ！

築62年の実家《いえ》が
区画整理で消える
数え切れない思い出が
走馬灯となり涙する
ありがとう　そしてさようなら

小さな手の跡と
泥まじりの
ちっちゃな雪だるま
見つけた大人《ひと》
皆笑顔

ありがとう・たすかるわ
ポジティブ言葉を
杖に
今日を生きる
難病抱えて20年

ムーちゃん・トコちゃん
幼友達の名を
つぶやくと何故か
甘く温かいものが
胸一杯に広がる

オブラートに
包んだつもりの
言葉の端《はし》から
チラリ本音が
顔を出す

睫毛の長い
君に恋した
中学時代
以来『長さ』が
恋の標本木となる

「お疲れさん・頑張ったね」
の言葉掛けを
密かに期待している
自分は
小さい人間なのか

跋

草壁焰太

外は豪雨
マンションの入り口に
「雨宿りしてます」
を全身で訴えて
小鳥が一羽佇む

自然が人間に語りかける。これが彼女の作品の特徴だろうか。自然に向かう温かな気持ちに対して、自然が同じように温かに応えている、そう思われる。

彼女は長い間、よみうり埼玉五行歌の欄の投稿者だった。

私は毎週のように彼女の歌を見てきた。

いつもこの世が懐かしくなるような、印象的な歌が送られて来た。

この歌集の歌を見ると、そのどれについても解説したくなる。

そらまめ文庫の歌集でもあり、この場合は跋文は二ページまでと決めている。あまり長い文章は、てのひらに載る歌集には重すぎると思うからだ。
もう一首、歌を挙げよう。

ショキショキと
鎌を研ぐ肩に
赤とんぼ
農夫と一緒に
揺れている

私はこの光景をどこかで見たような気がする。田舎育ちの人は、みんなそう思うだろう。あって当然の光景である。にもかかわらず、実際に見た人はいないにちがいない。歌とは、こういう懐かしさを、多くの人と共有することだ。
京峰さん、多くの懐かしい光景を、自然と人の共感を、すばらしい作品にしてくれて、ありがとう。

あとがき

忙しさに感けて新聞も飛ばし読みをしていた二十三年まえ、ふと目にした「よみうり五行歌」に衝撃を受けました。口語体で、厳めしい言葉などなく、すっと心に入ってきました。忘れられない五行歌に、

汲み置きの
水
ひやり
夏
終わる

田口幸子

というのがありました。短い言葉の中に季節の移ろいが見事にあらわされていて、素晴らしい歌です。私もこんな歌が創れたらと翌年発足した大宮五行歌会に入会しました。今だに前記のような素敵な歌は創れませんが、私なりの素直さだけで突っ走ってきました。

この度、本にするという一大決心をしたのは、体の不調で歌会に通うのもままならぬ事と、今まで創った歌を形にして残しておきたいと思ったからです。本を編むに当たり三好叙子さんはじめ編集にあたられた水源純さん・事務局の方々に大変お世話になりました。五行歌は私の人生に潤いを与えてくれました。

創始者、草壁焰太先生に心より感謝申し上げます。ありがとうございました。

令和六年　十二月

京峰裕子

五行歌五則［平成二十年九月改定］

一、五行歌は、和歌と古代歌謡に基いて新たに創られた新形式の短詩である。

一、作品は五行からなる。例外として、四行、六行のものも稀に認める。

一、一行は一句を意味する。改行は言葉の区切り、または息の区切りで行う。

一、字数に制約は設けないが、作品に詩歌らしい感じをもたせること。

一、内容などには制約をもうけない。

五行歌とは

五行歌とは、五行で書く歌のことです。万葉集以前の日本人は、自由に歌を書いていました。その古代歌謡にならって、現代の言葉で同じように自由に書いたのが、五行歌です。五行にする理由は、古代でも約半数が五句構成だったためです。

この新形式は、約六十年前に、五行歌の会の主宰、草壁焰太が発想したもので、一九九四年に約三十人で会はスタートしました。五行歌は現代人の各個人の独立した感性、思いを表すのにぴったりの形式であり、誰にも書け、誰にも独自の表現を完成できるものです。

このため、年々会員数は増え、全国に百数十の支部があり、愛好者は五十万人にのぼります。

五行歌の会　https://5gyohka.com/
〒162-0843 東京都新宿区市谷田町三—一九
川辺ビル一階
電話　〇三（三二六七）七六〇七
ファクス　〇三（三二六七）七六九七

京峰 裕子 （きょうみね ひろこ）

1948　埼玉県生まれ
1973　YMCA 英語学校 卒業
2002　アークアカデミー日本語教師養成科 修了
2002　大宮五行歌会 入会
さいたま市岩槻区在住

そらまめ文庫 き 1-1

うふっ

2025 年 2 月 25 日　初版第 1 刷発行

著　者　　京峰裕子
発行人　　三好清明
発行所　　株式会社 市井社
〒 162-0843
東京都新宿区市谷田町 3-19 川辺ビル 1F
電話　03-3267-7601
https://5gyohka.com/shiseisha/

印刷所　　創栄図書印刷 株式会社
装　丁　　しづく
書　　　　著者

ISBN978-4-88208-219-4

そらまめ文庫

- い 1-1　白つめ草　石村比抄子五行歌集
- い 2-1　風　滴　唯沢　遥五行歌集
- お 1-1　だいすき　鬼ゆり五行歌集
- お 2-1　だらしのないぬくもり　大島健志五行歌集
- お 2-2　オールライト　大島健志五行歌集
- お 4-1　小倉はじめ百首　小倉はじめ五行歌集
- か 2-1　ヒマラヤ桜　神部和子五行歌集
- く 1-1　恋の五行歌　キュキュン200　草壁焰太　編
- く 2-1　コケコッコーの妻　桑本明枝五行歌集
- く 2-2　緑の星　桑本明枝五行歌集
- こ 1-1　雅　— Miyabi —　高原《こうげん》郁子《かぐわし》五行歌集
- こ 1-2　紬　— Tsumugi —　高原《こうげん》郁子《かぐわし》五行歌集
- こ 1-3　奏　— Kanade —　高原《こうげん》郁子《かぐわし》五行歌集
- さ 1-1　五行歌って面白い　五行歌入門書　鮫島龍三郎　著
- さ 1-2　五行歌って面白いⅡ　五行歌の歌人たち　鮫島龍三郎　著
- さ 1-3　喜劇の誕生　鮫島龍三郎五行歌集
- さ 2-1　備忘録　佐々木エツ子五行歌集
- そ 1-1　また明日　SORA五行歌集
- な 1-1　詩的空間　—果てなき思いの源泉　中澤京華五行歌集
- な 2-1　あの山のむこう　中島さなぎ五行歌集
- ふ 1-1　故郷の郵便番号　夫婦五行歌集　浮游&仁田澄子五行歌集
- ま 1-1　また虐待で子どもが死んだ　まろ五行歌集
- ま 2-1　こんなんどうや?　増田和三五行歌集
- み 1-1　一ヶ月反抗期　14歳の五行歌集　水源《みなもと》カエデ五行歌集
- み 1-2　承認欲求　水源《みなもと》カエデ五行歌集
- み 2-1　まだ知らない青　水源《みなもと》　純五行歌集
- み 3-1　環境保全活動　美保湖五行歌集
- み 4-1　十羽の鴨とぞろぞろ　三友伸子五行歌集
- や 1-1　宇宙人観察日記　山崎　光五行歌集
- ゆ 1-1　きっと　ここ　—私の置き場—　ゆうゆう五行歌集

※定価はすべて 880 円（10%税込）です